동치미

동치미
정용현 시조집

초판 1쇄 발행 2017년 04월 30일
초판 2쇄 발행 2017년 12월 15일

지은이 정용현
펴낸이 신현운
펴낸곳 연인M&B
기 획 여인화
디자인 이희정
마케팅 박한동
홍 보 정연순
등 록 2000년 3월 7일 제2-3037호
주 소 05052 서울특별시 광진구 자양로 56(자양동 680-25) 2층
전 화 (02)455-3987 팩스 (02)3437-5975
홈주소 www.yeoninmb.co.kr
이메일 yeonin7@hanmail.net

값 9,000원

ⓒ 정용현 2017 Printed in Korea

ISBN 978-89-6253-197-8 03810

동치미

정용현 시조집

육십의 며느리도 못 믿던 노파심은
세월이 삭아 앉은 허리통 부여잡고
희망을 다듬던 동지 동치미독 여는 밤

연인M&B

혹독한 겨울 지나면 봄꽃 피듯이
인생길 굴곡을 넘어 희로애락 띄우며
이 봄을 가득 안고 가고 싶다.

풍랑의 세찬 바람에 흔들리는 민초들
희망을 틔워 내며 자잘한 행복 엮듯이
중년의 불꽃 시심을 시조로 읊는다.

2017년 새봄
정용현

2부

봄 · 여름 꽃

4부

겨울을 날다

1부

격랑의 계절

동강 할미꽃

춘설을 핥고 지난 북풍끝 무뎌질쯤
바위틈 나지막이 숨소리 틔우는 듯
자주빛
고개 세우며
굽이 도는 한세월

연분홍 봄볕 속에 청보라 꿈을 따고
녹음을 키운 자락 흰 가시 꽃피우듯
여울 속
하얀 그리움
청산 넘어가는가

겨우살이

삼동이 깊을수록 설경을 펼친 산야
소롯한 오솔길 숲 참나무 가지 끝에
꺼부스
새둥지처럼
겨우겨우 사는가

한평생 기생살이 빌붙은 세월에도
연노란 꽃이 피고 풍요 속 새의 노래
연황빛
열매 농익어
날갯짓을 펼친다

운 좋게 뽕나무에 뿌리를 내리는 날
임금만 먹는다는 천하의 명약 되듯
기생목
시린 삶에도
따뜻한 봄 오는가

홍매화

설달의 훈풍 속에 철모르고 잠이 들고
눈꽃을 덮은 대지 삭풍 몰아치는 통에
살포시
터진 망울 속
붉은 고결 자태여

한낮의 따순 볕에 활짝 미소 짓더니만
베는 듯 된바람에 흩뿌려진 붉은 잎들
칼바람
휘휘 감돌아
애처로워 아프다

산자락 날선 바람 눈꽃 송이 헤쳐 놓다
한 계절 막바지에 자기 몫을 하려는 듯
남촌에
춘풍 산 넘어
뻐꾸기가 우는가

화두

온 국민
긴장 속으로
탄핵정국 하얀 밤

사드
사드 발
황사바람에
휘청이는 관광청

북
VX로
공포 띄우다
한미훈련 쓰린 놈

봄
예, 제서
피는 봄소식
마음 꽃도 피울까

상고대

만추에 홍엽 지고
바람 끝 매몰차다
오색의 울음 계곡
만감이 교차하고
온몸이
멍들 때까지
석고대죄하는가

난국의 눈물범벅
차갑게 피는 정서
그 끝이 어디일까
미로 속 해법 찾기
번지는
분노의 촛불
천길 만길 여는가

첫눈

첫새벽 사뿐사뿐
흰 꽃잎 날아들고
바람이 불어오는
간이역 향한 발길
송이눈
환히 열리듯
눈부시게 꽃 핀다

순백의 도화지에
방점을 찍어 내듯
파뿌리 깃든 세상
이맛섬 녹는 언어
하얗게
축복을 밝힌
손길보다 뜨겁다

하얀 들국

천상에 오른 염원
백만의 함성 촛불

민초가 들끓은 땅
신 내림 춤춘 광장

신장대 던져 버리고
하얀 들국 섬길까

촉루에 터진 울분
봇물은 성을 넘듯

허탈감 오장육부
불붙어 타는 심장

물드는 삼천리 강산
피어나는 조국아

해당화

봄볕이 아스라이
수평선 펼친 오후
내 님이 올 것 같은
샛바람 한 점 분다
홍조 띤
이슬 머금고
나긋나긋 맞을까

살포시 잠이 깨어
다소곳 피워 올린
은은한 향기 품고
갈색 가시 세운 세월
뿌리를
깊이 내리고
짙어 가는 그리움

봄비에 씻는 오감
생기 그린 오롯한 맘
붉히며 가는 오월
구름바다 남기는가
야속한
파도가 일어
깜짝 놀란 해당화

대보름

한 잔의 귀밝이술 아침 햇살 볼그랗다
부뚜막 들락대며 아홉 나물 퍼나르고
윷놀이 뜨는 가락에
말판 놀이 뜨겁다

풍물패 휘몰이로 지신, 샘굿 펼친 뜨락
잠잠히 숨 고르며 사연 담듯 태운 달집
보름달 환하게 웃고
쥐불놀이 뜨는 밤

오곡밥 아홉 빛깔 정을 담는 부모 형제
부럼을 깨물으며 더위 팔고 커 간 벗들
가난한 시절 속에도
도란도란 웃음꽃

불깡통 휘휘 돌려 도깨비불 수를 놓듯
하늘에 던진 불꽃 별빛가루 무지개 길
두둥실 정월 보름달
내 마음도 뜨는가

양파

한 꺼풀 또 한 꺼풀
켜켜 쌓듯 다진 내공
매콤한 향을 딛고
앙바틈 키운 여정
겉적삼
색 바랜 세월
달달함도 있었지

아프다 못 다한 말
백설같이 내린 뿌리
겉으론 파란 미소
하얗게 타 끈적이고
삐죽이
내미는 미련
저 하늘빛 닮는가

봄 시샘

잔설이 성성한 땅
들녘 가득 매화 향기
하얗게 띄울 때면
청자 빛깔 하늘 열고
청아한
계곡 물소리
살폿 눈뜬 강아지

번지는 안개 열듯
톡톡 튀운 꽃망울들
따스히 품은 바람
하얀 구름 엮어 가듯
불현듯
밀려든 버들
흔들리며 오는 봄

해물탕 1

뻘밭의 보물 캐서
갯내음 풀어내고
감칠맛 우려내듯
해물탕이 되는 시간
키조개
넓은 품으로
모여 앉은 동지들

정성껏 끓여 나온
붉은 속살 냄비 가득
시원한 매콤한 맛
휘감으며 오는 파도
저마다
독특한 살결
쫄깃쫄깃 퍼진 향

봄비

따스한 새벽 창가 촉촉하게 오는 실비
고요한 나무와 잎 적신 동녘 먼동 트고
한 자락
스치는 바람
풀꽃 향기 날린다

풀리는 얼음 계곡 송사리 떼 노니는 곳
폭포수 봄노래에 깨는 만물 봄의 합창
기지개
길게 하듯이
저 들녘의 무명초

해물탕 2

잔잔한 해수면에
정갈하게 눕힌 해물
한소끔 유영하듯
샛바람 파도 타고
일출을
선보이면서
울부짖는 바다여

신세계 펼치듯이
화음의 돛 활짝 펴
집게는 이를 물고
오동통이 꼬리 말고
태양초
고추장 풀어
일엽편주(酒) 띄운다

방패연

첫새벽 울어 주는 붉은 닭 기운 받아
정유년 첫날 열고 소망을 키워 낸다
행복한
하루하루를
엮고 엮어 가듯이

얼음장 시린 손도 봄볕에 녹아들고
봄바람 산들산들 눈꽃을 털어 낸다
묵은 때
벗겨 내듯이
훌훌 털고 가는 해

봄꽃이 아른아른 마음에 꽉 차 들면
손잡아 가는 들녘 그리움 하늘 날다
꿈들은
하나 둘 열어
꽃이 되어 피리라

외무성

흔들린

국가 기강 틈

죽도 부각 망령질

무풍 시대

남시에

긴줄 속으로

무색해진 AI촌

보령 해안초소에서

일몰이 지는 해안 별빛들이 내려온다
가족애 끓는 마음 애가 타던 시간 묻고
오늘도
파도 소리에
뛰어드는 귀또리

하루가 물고 물린 해안선 따라가면
한여름 비지땀도 해풍으로 씻겨 가고
머나먼
길을 떠나듯
모래벌을 달린다

점호를 받는 햇살 일렬로 줄을 서듯
수정빛 물살들이 여명을 몰고 온다
전투복
다리는 신병
백일 휴가 꿈꾼다

비련

잠자리 날갯짓도
된서리에 무뎌지고
국화꽃 향기 잃어
스러지던 그 가을 끝
잡목숲
시린 눈송이
고독마저 서럽다

인동초 피고 지듯
닭띠 해 보름 달빛
촛불을 밝히면서
태극기도 띄운 광장
먼먼 산
해빙의 들판
꽃망울을 붉힌다

청담(淸潭) 허명회(許明會)

버스계 신화창조 대중교통 절대 제왕
반백년 한결같이 앞장선 직원 사랑
올곧은 운수업 외길
고객 감동 한평생

동백꽃 피워 내듯 역경 속에 봄꽃 피네
팔도를 누비면서 기호지세 KD운송그룹
신독(愼獨)을 깊이 새기며
일만여 명 이끌다

최고의 식자재로 건강 챙겨 안전운행
세련된 제복 입고 각종 포상 수상하며
때마다 챙겨 보내는
케익 속의 웃음꽃

한평생 담아내듯 노사 문화 꽃피우며
열다섯 버스회사 일심동체 일사불란
역사 속 금탑산업훈장
영원불멸 금자탑

성공의 시대 열고 첫새벽을 열어 간다
불야성 만든 열정 타의추종 불허하듯
근면한 불굴의 의지
투명경영 남겼다

부적

모정을 붉게 띄워 켜켜 접듯 간직하고
지갑 속 단단하게 뿌리내린 안전운행
달빛을
휘어 감으며
졸음마저 삼켰다

가난의 굴레 속에 행운, 재운 품어 안고
삼십여 해를 재워 굴리고 또 굴린 세월
사자밥
돌려세우듯
무덤덤한 심장음

여명빛 헤쳐 가며 맑은 햇살 담은 건가
질퍽한 인생길에 희망의 삶 담긴 신앙
어머니
온화한 미소
여기 모두 모였네

무사고 그것만이 내가 살고 회사 살 듯
이십 년 동고동락 꿈을 키운 운전대에
내 가정
키워 내듯이
영원하라 KD여

2부

봄·여름 꽃

쇠뜨기

이른봄 삐죽하게 뱀머리 밀어낸다
흑갈색 마디마디 샛바람 가득 품고
종달새
노랫소리에
소근소근 잠든다

뱀밥이 스멀대듯 들녘에 깔린 별빛
워낭의 발자국에 스러져 펼친 날개
하늘을
나는 꿈 모아
푸른 들판 누빈다

관방제림

천년을 걷던 둑길 다져진 황토 속살
고목의 의연함에 북풍도 비켜 가듯
봄바람
일렁거리고
청춘 꽃밭 펼친다

화사히 붉힌 벚꽃 길손을 잡아 두고
봄볕에 아롱다롱 웃음꽃 피워 내면
홀연히
바람을 몰고
꽃비처럼 날았다

노루발

그늘 속 산자락에
다소곳 눈을 뜨며

무리져 크는 잎들
낙엽수 그늘 열 듯

새초롬 피어 나오면
어둑한 숲 밝히다

여리게 오른 소망
하얗게 꽃피우고

인내의 세월 속에
인동초 키워 내듯

소녀의 기도 소리에
노루 낙원 펼칠까

타래난초

초여름 불볕더위 철모르게 피는 꽃들
한줄금 내려주는 소나기에 분홍 미소
새초롬 눈뜨는 줄기
하늘 향한 기지개

녹색 정 엮어 가듯 진분홍빛 띄운 화등
허공에 수를 놓을 때 높새바람 칠 적마다
꽃망울 졸인 여름날
종달새도 울었다

달빛을 타고 올라 은하 건너 인연 열어
소망을 불태우며 한여름 속 달군 들꽃
하늘을 감아 오르듯
무지갯빛 사랑가

동치미 1

오뉴월 뙤약볕에 땀방울 송글송글
나른히 지쳐 갈 때 살얼음 동동 띄운
동치미 국물 말아 준
어머니표 막국수

젊은 날 방황의 길 인생의 고뇌 속에
언제나 챙겨 주신 사철의 제철 음식
팔순을 훌쩍 넘긴 몸
순한 국물 닮는다

육십의 며느리도 못 믿던 노파심은
세월이 삭아 앉은 허리통 부여잡고
희망을 다듬던 동지
동치미독 여는 밤

철 이른 새색시로 모질은 구박 속에
여자의 인생 여정 오늘도 단장하듯
엉터리 세상 언친 속
설빙 동동 띄운다

입춘

어제와 사뭇 다른 누그러진 바람결에
마음은 새털같이 산을 넘듯 설레인다
유채꽃
흐드러진 섬
일렁이는 봄 처녀

길고 긴 겨울이란 터널 지나 춘풍 분다
얼었던 땅 녹이고 스물거린 지기 속에
가슴을
파고들어 온
복수초도 띄운다

눈 녹인 동백꽃에 스며드는 건양다경^(建陽多慶)
입춘첩 가가호호 소망 빌며 여는 가슴
희망의
정유년 봄볕
삐약삐약 여는 날

강가에 녹는 얼음 매화꽃을 피워 내고
졸졸졸 계곡 열고 물골 튀운 춘설 녹듯
살포시
버들강아지
아지랑이 맞는다

춘설

우수의 틈 비집고
날아드는 하얀 눈꽃
미련이 남아설까
봄의 뜨락 서성이듯
숲속길
촉촉한 향기
파고드는 그리움

춘설이 내린 대지
봄나물 잠이 깨듯
삐죽이 머리 들어
살풋하게 올라설까
봄볕 속
내리는 눈꽃
풀어내는 이별가

경칩

얼음이 녹아들고
풍요로운 물길 트네
하늘빛 억새밭에
파릇파릇 돋는 기운
개구리
눈뜬 논두렁
봄을 낚듯 나온다

햇살 든 물웅덩이
도롱뇽 알 꿈꾸듯이
너른 뜰 폴짝 뛸 날
눈망울 키워 가네
봄바람
너울거리고
포르르르 나는 새

봄날

봄비가 촉촉하게 메마른 땅 파고들면
우산 속 포근하게 번져 가는 복수초 향
목련꽃 탱탱한 살결
몽실몽실 피울까

앞산에 안개 번진 붉은 핏빛 골짝마다
달빛에 토해 놓듯 그리운 겨울 내내
진달래 온몸 붉히며
토해 내는 별빛들

수안보온천

월악산 전설 감아
맨발로 뛰어가듯
하이얀 속살 위로
물이 든 오색 향연
베일 속
벗겨진 천년
아달라 왕 만날까

과거길 지친 심신
석문천 머문 자리
미륵리 굽이 돌아
내리는 섬섬옥수
시원한
폭포수 따라
미끈미끈 까마귀

탄천 1

벗나무 하늘 틈새
홍갈색 햇살 타고
어깨 위 손등 위로
빙그르 돌아앉듯
우수수
낙엽 쌓이는
벤치 위의 고독감

갈대꽃 익는 강가
백로의 깃털 고름
허리 휜 구절초 꽃
꿀벌이 날아들쯤
갈바람
흔들린 그대
강아지풀 품을까

탄천 2

억새꽃 우는 소리
들국화 피는 강변
잉어 떼 한가롭게
잠이 든 하늘 숲속
두둥실
구름 띄워서
가을 동심 싣는다

그리움 불러내는
가을볕 반짝이고
반려견 나비 쫓듯
노익장 달음박질
갈바람
물이 든 탄천
달빛마저 번질까

개미취

들판에 꼿꼿하게
웃음을 머금고서
자줏빛 나래 펴고
미소로 반겨 줄까
하늘을
향한 그리움
두 팔 벌려 오르나

갈바람 소슬하게
향기를 피워 내니
공허함 실린 바람
들길을 달려갈쯤
잠이 든
고추잠자리
꿈을 꾸듯 피는 꽃

바다낚시

쪽빛의 넓은 가슴 갈매기 가득 품고
바다를 부르는가 월척의 부픈 꿈들
반나절
기다린 끝에
움직이는 초릿대

묵직한 저항 속에 가슴은 두근두근
휘감는 전율 번져 희뿌연 숭어 뱃살
서해의
짜릿한 손맛
검고 깊은 눈망울

가을볕 따스하게 갑판을 달구던 날
붉은빛 싱싱한 맛 시월이 숨을 쉬듯
세월을
통째로 낚아
바람 한 점 뒹군다

창공

꿈 하나 던졌는가 푸르른 하늘 어디
일상을 유영하다 심연의 바닷속을
끝없이
헤엄을 치며
가을 적신 명상록

드리운 그리움도 허기진 욕망의 삶
홀연히 나타나서 먼먼 산 붉힌 노을
한 시절
품어 보자고
너를 안고 가련다

댓돌

갈바람 황금 들녘 참새 떼 이삭 쫓네
휘영청 밝은 달빛 귀뚜리 허무는가
한낮에
힘겹던 낫질
고단함이 녹는 밤

한마당 볏동가리 파도가 쏟아지고
바다가 스며들은 한 삶의 흔적 속에
살며시
어루만지며
댓돌 품은 아버지

바람 1

어디서 불어와서 빈 가슴 적셔 올까
그대의 품에 안겨 한세월 살아가듯
이 저녁
하늬바람에
흔들리는 내 마음

살포시 감긴 눈가 보드레 별꽃들이
무수히 반짝이네 바람을 가르면서
밤하늘
별빛 축제로
피어나는 사랑가

바람 2

바람이 불 때마다 내 마음 설레는데
님 모습 담은 바람 후벼판 가슴가슴
골 깊은
상처로 남아
떠돌다 간 나그네

무엇을 생각하다 무엇을 바라보나
흘러간 그 사람은 다시는 오지 않듯
깊어진
세월 속에서
낙화 한 점 그립다

간이역

인적이 없는 역에 한 자락 부는 바람
휘돌아 남긴 자취 두 줄의 철로 위로
청설모
뒹구는 한
달음박질 즐기나

첫새벽 떠난 기차 언제쯤 오는 걸까
대합실 초침 소리 봇짐 푼 할망 할배
읍내장
왁자지껄한
사투리가 익는다

몽산포

쏴아아 철썩철썩
파도가 깨어 있듯
그리움 일렁이며
조개를 줍는 정오
밀물 속
추억의 편린
새하얗게 담는다

갯바위 쓰다듬는
썰물의 이야기는
활어가 생동하는
심장이 되는 걸까
기다림
붉힌 노을녘
여울지는 노래여

황새냉이 꽃

논둑길 사르르르
녹아 내린 양지녘에
풋풋히 자리 깔고
노고지리 노래 따라
봄 처녀
대바구니에
울렁울렁 냉이꽃

새콤히 달달하게
아삭아삭 봄내 씹듯
겨우내 빙빙 돌던
안방 놀음 허방다리
허리끈
잘록 매고서
황새냉이 쫓는가

꿩, 사월을 날다

봄비를 촉촉하게
달구는 진달래꽃
잎마다 붉힌 자리
새끼가 기어 나와
아우성 아우성치니
되돌아온 까투리

산등성 물들이는
철쭉 군락 봄볕 속에
한 무리 꿩 떼 가득
일광욕을 즐기는가
연둣빛 잎들 헤치고
활강하는 부푼 꿈

한 자락 이는 바람
뻐꾸기도 노래하듯
청솔모 인기척에
화들짝 놀란 가슴
장끼가 박차 오르니
산울림이 꿩꿩꿩

3부

가을 회상

독도의 여름
―개까치수염

천만년 깎은 풍파 화산섬 틈 속으로
아찔한 암반 타듯 흰 꽃잎 송이송이
희망을
피워 내면서
푸른 파도 부른다

백의의 혼을 심고 하이얀 빛을 담아
따순 정 뭉쳐 깔듯 갈색빛 열매 맺어
쪽빛을
펼친 하늘 숲
작은 포자 꿈 펼까

모닝커피

늦은 밤 네 생각에

뒤척거린 불면의 밤

출근길 분주하게

동동거려 시간 가도

한 잔의

소망을 담아

피어나는 네 얼굴

사자루

사비성 오른 만월
영월대 비춘 전각
의자왕 만조백관
달 떠서 비운 술잔
백마강
비경을 담아
시를 읊는 밤이여

비운의 삼천궁녀
백마강 黃菊의 한
백화정 하늘 날고
황포 돛 펼치듯이
송월대
낙조를 건너
사랑마저 그린다

만경대

닫혔던 사십육 년
인적이 없던 길에
활짝 연 만경대 문
붉은빛 단풍길에
독주암
하늘 찌르고
용소폭포 띠운다

설악산 가을 풍경
금강문 저 너머로
펼쳐진 운무 군단
담아 낸 삼라만상
황홀한
비경 속으로
녹아 내린 둘레길

충주호

사백 리 물길 따라
청산이 잠겼어도
펼치는 바위 자락
망향정 월악 비경
청풍호
하얀 물보라
고향 산천 그린다

수몰의 아픔 딛고
던지는 한 줌 토용
녹음 속 악어섬도
만추의 물이 들고
석양빛
아쉬운 별리
붉게 뛰는 충주호

가을 산행

들꽃 향 뿜는 길로
햇살은 맑고 차다
휘감은 소슬바람
낙엽도 휘감는가
쪽빛의
하늘 숲마저
물들이는 단풍잎

성 넘어 잠실 한강
남산과 인수봉에
선명한 피톤치드
솔잎 향 풀어놓고
막걸리
한 잔의 여유
가을 산장 깃들까

만추의 반달

오동잎 지는 밤에
귀뚜리 슬피 울고
텅 비운 강둑 들녘
노을빛 적신 낫질
윤슬 속
빠진 허리춤
일렁이는 그리움

들국에 내린 서리
바람 끝 서러워라
갈대숲 우는 철새
언제나 멈추려나
기러기
군무를 담고
서리서리 가는가

백년의 약속

단풍이 곱게 물든
시월의 마지막 날
바람 차 첫 눈 반해
약속한 백년해로
고왔던
가을 강자락
오색 물결 담을까

희끗한 머리칼에
묻어난 희로애락
품 커 간 자식
홀연히 떠나갈쯤
골 깊은
이맛섶 주름
줄어들 줄 모른다

그믐달

스산한 바람 따라
비처럼 지는 낙엽
한낮을 태운 태양
어둠 속 도망갔나
기울은
달의 노래에
밀려드는 가을비

첫새벽 동쪽 하늘
새초롬 머물다가
밤하늘 현몽하듯
전봇대 앉았다가
순식간
사라져 버린
얼음공주 아닐까

보름달 1

물속을 흔들면서
뜨겁게 달군 만월
사랑을 끌어안듯
바람도 길을 내고
두둥실
만삭의 보름
풀어내는 봄소식

깊은 정 담아 뜨고
천륜의 분신 담듯
은은히 내린 빛은
한없는 백팔번뇌
연등 속
꽃잎 펼치며
마애불을 깨울까

보름달 2

휘영청 붉은 쪽배
술잔에 가득 차고
어리는 임의 얼굴
잔 속에 미소 짓네
품으려
가슴 비우니
가을 속에 꽉찬 정

툇마루 걸터앉자
달빛이 피어나듯
추억은 새록새록
잔 속에 유영하듯
부엉새
시름 빚으며
보름마저 기울까

부여 소견

달려간 부소산성
사자루 펼친 강물
낙화암 소슬바람
갈대 핀 황포 돛배
삼천의
낙화로 지니
절벽에 핀 황국들

백마강 시린 강가
일렁인 억새 물결
하얗게 흔드는 손
백제의 혼이런가
뱃전에
흐르는 가락
고란사에 내린다

연남지 연꽃 지고
국화 향 그윽하듯
꽃대만 앙상해도
자비는 하늘 올라
여전히
신비한 연꽃
가을마저 비울까

은행나무

풋풋한 연두 빛깔
까르르 웃던 길로
알알이 풍요롭게
푸르게 키운 하늘
노란 잎
노란 미소를
풀어 놓는 둘레길

늦가을 정취 속에
따스히 꽃핀 미소
행복한 추억의 붓
덧칠한 끝자락에
농익는
낭만의 밀어
낙조조차 감긴다

배추

모래알 배추 씨앗
불씨를 한 알 떨궈
연둣빛 잎 키워서
제집에 앉았는가
알알이
차오르는 속
노란 꽃술 품을까

폭염 속 얼갈이로
익어 간 만삭의 몸
얄궂은 소금 세례
달빛 친 절임 배추
서늘한
입동을 건너
아삭아삭 익는다

맷돌

멧방석 자리 깔고 돌리는 가을 자락
위짝홈 아래홈 쇠 저절로 한몸 될 때
햇살을
갈고 부수어
바람 한 줌 오르나

꽉 잡은 어처구니 얘기꽃 풀어내고
곰보 진 돌과 돌이 사랑을 쏟아 내듯
삼키는
검은 서리태
백설처럼 하얗다

긴 세월 핏줄 굳듯 파인 홈 쌓인 눈물
그리움 날을 세워 긴긴밤 지새우나
부엉이
구슬피 울듯
굽이도는 오솔길

한로의 아침

바람이 머문 자리
정원의 꽃밭에서
철 늦은 담장 길섶
애절한 귀뚜라미
싸늘한
둘레길 따라
안타까운 사랑가

빗방울 머금고서
호박순 오른 텃밭
이슬이 내린 절기
땡감을 퍽 떨구면
옷깃을
여미는 아침
참새 소리 요란타

무서리

까치가 짖어 대고
감잎은 사선 긋듯
빨랫줄 바지랑대
찌르는 푸른 하늘
들국화
앉은 그 자리
시린 어깨 감싸나

영롱한 아침 이슬
바람에 그네 타고
한기가 내린 들녘
그리움 품으면서
억새꽃
몸짓을 따라
저리 내린 바람꽃

도리깨

장대를 곧추세워
휘릭 퍽 휘리릭 퍽
세 가닥 푸레나무
꼭지를 돌아치면
까실한 깍지를 풀고
튀어나온 검정콩

타다닥 가을마당
구르는 풍년가락
대포잔 춤사위로
감꼭지 맥을 놓고
송골매 연어를 잡듯
쪽빛 하늘 맴돈다

가을밤

물안개 피어올라
강 언덕 걷는 발길
억새의 마른 숨결
은은히 달빛 감싸
윤슬이
아름다운 강
반쪽 달이 웃는다

기러기 날아들어
달무리 흩어 놓듯
내 마음 쑤셔 놨던
반쪽을 향하는 길
보름달
방긋 반기는
풍경마저 그립다

주꾸미 연가

오동통 다리 꼬고
동글게 내민 바다
파도의 소용돌이
한소끔 끓고 나면
볼그레 단풍을 몰고
동이 나는 이슬주

만추가 깃든 국물
둥근 달 훤한 얼굴
무리진 기러기 떼
달빛을 가르듯이
한 접시 후딱 비우는
손길마다 흥겹다

서리태

씨앗콩 서너 알이
이랑에 잠든 사이
연둣빛 꿈길 열듯
여드레 싹이 튼다
거칠은
비바람 속에
모성 본능 키우고

따가운 햇볕 받고
갈바람 소슬하니
푸른 잎 함초롬히
낙엽이 되는 시간
깍지 낀
손목을 풀자
튀어나온 검은콩

조계사

연꽃이 피는 뜨락

국화 향 은은하고

안개 속 햇살 퍼고

부처님 환한 미소

이방인

설레는 가슴

노란 불심 여는가

4부

겨울을 날다

섬 동백나무

삭풍이 몰아쳐도 푸르른 잎새 틈에
정열의 꽃피우며 봄소식 전하듯이
하얗게 눈을 맞으며
붉은 울음 우는가

운명적 겨울 동행 벙글어 피는 동백
백일을 터친 핏빛 칼바람 들이대도
낙화로 백일 밝히니
처연함이 서렸다

동박새 나래짓에 봄볕을 노래하고
흰 파도 부르는 듯 섬자락 서린 가지
외로움 삼켜 가면서
다소곳이 웃는다

겨울 무지개

설악산 눈꽃나무 외롭게 짓눌린 삶
그 누가 알아줄까 힘겨운 겨울나기
바람아
세차게 불어
나의 등짐 날리렴

계곡과 계곡 사이 햇살이 눈부신 날
너와 나 손 맞잡아 사랑빛 피워 냈지
가슴을
열어젖히듯
무지개가 뜨던 날

눈가에 배어나온 수정빛 눈물방울
애틋한 애증의 강 건너며 맺은 약속
가슴속
깊이 파고든
일곱 가지 밀어들

얼음배

동장군 오른 기세 얼음 속살 쩡쩡 트면
숨구멍 하나 남겨 입김 뿜는 겨울 냇가
설원을 펼쳐 안기듯
둥둥 떠운 방패연

초가집 문설주에 입춘대길 빌고 비는
구남매 어머니의 목맨 마음 춘풍 일고
하얗게 가슴 시리듯
피어나는 매화향

따스한 볕을 깔고 언덕 오른 아지랑이
서울 간 큰애기도 고향 찾아오는 들길
아홉 폭 조각을 풀고
징검다리 놓는 배

부평초 인생

지천명 떠돈 세월 바람 잘 날 없던 시절
짙은 향 이끈 땅에 뿌리 내려 주저앉듯
타향도 흙내 감기면
정이 드는 다정함

역마살 돌고 돌아 굽이치던 강산 계곡
휘돌아치던 설움 꾸역꾸역 삼키던 밤
헛헛한 세상 속에서
물고물린 핏빛들

봄볕에 져간 꽃들 봉긋하게 내민 열매
희망의 나래 펴고 살랑이는 가지 끝에
우묵골 논배미 갈고
꽃이 피는 부평초

선물 1

장미빛 아롱지듯 설빔의 설레임에
어머니 치맛자락 붙어서 졸라댔지
꿈같던
시간은 흘러
반백이 맞는 정초

덧없는 세월 속에 노송이 되는 시간
낫처럼 굽어 가는 삭신을 부여잡고
인생의
깊이 남기듯
쌓여 가는 주름살

설원 위 달빛 걷듯 촘촘히 내린 발등
무엇을 살피려나 마음의 불빛 따라
십자가
향하는 모습
영혼의 길 밝히다

선물 2

분홍빛 레이스에

사랑빛 꽉꽉 쏴서

하트로 묶은 매듭

살며시 푸는 아내

봄볕이

가득 번지듯

아리따운 꽃미소

오늘

온몸을 파고드는
절정의 냉기 속에
여명빛 밝아 오며
펼쳐질 설레임에
기지개
켜는 햇살은
뜨거워진 동백꽃

눈부신 태양 속에
불나방 될지언정
열정의 나래 펴고
격정의 춤 사위로
오늘을
살아내리라
또 하루의 선물을

고드름

초가집 이엉마루 백설이 두루뭉술
차례로 떡을 찌니 속눈물 익힌 방울
매달린
수정꽃마다
유년의 꿈 자랄까

해빙기 풀릴수록 휘두른 마지막 생
칼과 칼 부딪친 날 산산히 흩어진 피
겨울을
후끈 달구며
백마 타고 가는가

씨암탉 향수

토담집 헐러 가고 수수벽 마른기침
황토흙 덧칠하여 도배로 꽃피우니
메주도
꽃을 피우듯
구릿 향기 띄운다

북풍이 삼킨 들녘 문풍지 울던 밤도
홰치던 어둠 속에 어슴한 동녘에는
씨암탉
그림자 드려
현몽하듯 조상굿

둠벙에 낭만 긷고 둠벙에 아픔 긷던
애환의 화인 자국 향수에 젖어드는
정유년
힘찬 날갯짓
용마루를 넘을까

남한산성

밤사이 하얀 세상 설원의 숲을 폈네
뽀드득 발자국에 내 유년 시절 엮듯
언덕길 타고 내리는
바람 동산 눈꽃길

수국은 하얀 모자 하늘 끝 오른 버들
하이얀 레이스를 수놓은 잡목 타고
천사의 노랫소리에
함박웃음 짓는가

소박함 올망졸망 설산에 남긴 추억
푸르게 하늘 열고 정월 초 다진 마음
늘 푸른 소나무 곁에
새하얗게 들뜨다

동치미 2

동짓달 햇살 풀어 말끔히 단장한 무
잔잔한 청자 빛깔 은은한 백자 빛깔
가부좌
틀은 삼동에
아삭아삭 익는다

장독에 고히 모셔 백설을 끌어안듯
달빛도 품으면서 하얗게 절인 가슴
정갈히
오른 동치미
가슴 뚫린 세상사

해동

촉촉히 번져 오른
아스팔트 시린 눈물
눈꽃을 녹인 자리
낭만 속 번진 염분
아련히
아지랑이가
얼룩얼룩 오른다

약속의 땅 일구면서
시나브로 풀린 설산
숨구멍 틔운 하늘
한 자락 바람 깔고
코끝이
찡한 그리움
너울너울 파도여

해빙의 들판 열듯
햇살의 날 접어 가며
들끓던 아우성도
자연의 섭리인데
올곧게
뿌리내리듯
불러 보는 아리랑

초승달

흐릿한 수묵화로
산등성이 갈퀴 세워
고즈녁 산사 굴뚝
피어오른 연기처럼
속세의
오염을 씻듯
염화미소 띄운다

꿈길을 이내 열듯
눈부신 별이 지고
연인이 되어 걷던
미리내 그리면서
초승달
조각배 타고
겨울마저 건넌다

닭

봄비에 촉촉해진

텃밭이랑 흙내음에

발자국 선명하게

찍으면서 하늘 본다

청명한

새벽을 열듯

녹음마저 토한다

태백을 쏘다

첫새벽 사뿐사뿐
떼어 논 걸음마다
여행의 기대 속에
펼쳐진 설원의 땅
바람의
언덕을 넘어
눈의 축제 빚는가

주목의 군락 위에
설국을 펼친 고원
백설의 능선마다
흐벅진 눈꽃 축제
겨울이
있어 더 멋진
겨울 왕국 오른다

닭서리

별빛이 초롱초롱

이슥한 밤이 오면

은밀한 발자국들

부엉이 깨우는 밤

깃털이

빠진 오돌함

청춘의 꽃 영근다

빙어

유유히 흐르던 강

동장군 찾아드니

얼음판 펼친 설원

자연을 탐미하듯

빙수를

갈아 낸 구멍

은빛 앙탈 낚을까

주목

상고대 곱게 피운

정갈한 설원의 땅

천년을 고이 덮어

격동의 풍랑, 백태

안으로

새긴 가슴에

피눈물을 삭히나

한파주위보

한겨울

제집 찾아와

무질서를 잡을까

아베

떨어진

국제적 감각

소녀상을 띄운다

은하수

새까만 밤하늘을

가만히 들여보니

그곳에 피어 있는

무수한 안개 꽃밭

반짝여

빛난 은세계

황홀감의 날갯짓

감동의 꽃을 피워 낸 서정의 향기로
새로운 시조의 지평을 열다
─정용현 시인의 시조집 『동치미』의 시세계

정유지
(선린대 교수 · 한국시조문학진흥회 이사장)

1. '논리의 시대' 몰락, '따뜻한 수사(修辭)의 시대' 부활 예고 신호탄

정용현 시인은 충남 성환 출생으로 도하초등학교, 성환중학교, 평택공업고등학교를 우수하게 졸업한 의지의 한국인이기도 하다. KD운송그룹 승무사원으로서 바쁜 일정을 소화하고 있는 가운데에도 촌음을 아껴 시작 활동을 전개한 결과, 2016년 시전문지 계간 『시세계』 시 부문 신인문학상에 당선되면서부터 본격적으로 작품 활동을 하게 되었고, 아울러 2017년 제8회 『역동시조문학상』 신인상에 당선된 저력의 작가이다. 생(生)과 사(死)의 경계를 넘나들며 주옥같은 작품을 생산해 내는 절정의 기량을 과시할 만큼 무르익은 언어의 경지에 도달해 있다. 한국독도문인협회 회원, 한국시조문학진흥회 상임이사, 문학콘서트 '시&연인' 밴드 회원, 세계문인협회 회원 등 왕성한 광

폭 활동을 전개해 온 정용현 시인은 2016년도 공동시집 『독도 플래시 몹』을 출간하여 '대한민국 독도 지킴이'라는 평가 또한 받은 바 있다. 특히 KD운송그룹을 대내외에 알릴만큼 달리는 홍보대사로서 손색이 없는 '승무 시인', '독도 시인'이란 닉네임까지 세상에 남겨 놓았다. 한편 2016년 계간 『시세계』 신인문학상 당선작 중 하나인 시조 「방아깨비」의 심사평에서 "서정적인 감각을 통해 유년 시절의 진한 그리움과 향토적 정서가 담겨 있었다. 그 속에는 화려한 외출을 꿈꾸면서 가을을 기다리는 어린 양, 방아깨비 한 마리를 만날 수 있다."면서 "달빛이 내리는 분위기를 연출하며, 끊임없이 표출하는 진솔한 시적 언어를 형상화시키고 있었다."고 박영교 시인을 비롯한 다수의 심사위원들이 극찬을 아끼지 않았다.

정용현 시인의 시적 세계는 크게 두 가지 경향을 보이고 있다.
첫째, 서정성(抒情性)을 획득한 섬세한 관찰력으로 빚어내는 선명하고 수려한 시적 안목을 구비하고 있다. 갯바위의 파도뿐만 아닌, 바다 전체를 고루 응시하는 시각의 틀로 시안(詩眼)을 견지한 채, 눈부신 시어의 낙조(落照)가 즐비한 아름다운 언어의 바벨탑을 만들어 내고 있다. 아울러 정용현 시인의 정신세계는 맑고 그윽하다. 일상적 삶에서 발화된 시심을 바탕으로 인간의 한계상황을 무너뜨리며 넘나드는 육화(肉化)된 시어와 정제된 언어들이 인생의 깊이로 물결치며, 달관(達觀)과 관조(觀照)로 천착해 내는 여백의 시학으로 세상을 활짝 꽃피우고 있다.
둘째, 창조적 상상력을 정용현 시인이 스스로 만들어 낸 활어(活魚)의 어장에 양식해 내고 있는 가운데, 밤하늘에 반짝이는 북극성마저도 끌어들이는 메시아적 세계를 탄생시키고 있다. 더욱이 경기도 성남의 탄천(炭川)의 캐릭터(Character)를 활성화시키는 뜨거운 아이콘(Icon)도 가지고 있다. 풍랑 속 밤바다를 밝히는 등대를 기다리는 조난선과 난파선의 간절한 그리움과 고독이 물씬 배어나온다. 바람과 안개, 파도가 만나면 영혼의 밀어가 바닷새처럼 날갯짓을 한다. 영혼의 밀어는 시인의 울림이다. 고요한 물결 속에 잠든 영혼을 파도의 카타르시스(Catharsis)로 깨우고 있다. 정용현 시인은 상상력의 바다에서 일궈 낸 활어의 이미지를 생성시켜 매혹적 향기를 남기고, 그 감동의 향기로 그리움의 집 한 채를 만들고 있다. 바다에서 길 잃은 영혼을 안내하고 치유하는 명의(名醫)의 시적 역량을 갖고 있었다.

> "총알 하나는 한 명을 살상하는데 쓰이고, 잘 빚은 시조
> 한 편은 수백만의 영혼을 살리는데 쓰인다."

결국 총은 자신을 보호하거나 남을 공격하는데 사용되고, 시조 한 편은 길 잃은 영혼들을 살리는데 쓰인다. 고대 그리스 사람들은 말을 유창하게 잘 하도록 해 달라고, 칼리오페(Calliope, 음악과 서사시, 웅변의 여신)에게 제를 올릴 만큼 언어의 중요성을 인식했던 시대였다. 상대방의 마음을 움직이는 수사적 표현을 잘 하면 반드시 성공할 수 있다는 수사학의 황금시대를 짐작하게 된다. 한국과 같은 나라에서는 도저히 이해할 수 없는 의식이 아닐 수 없다. 무병장수(無病長壽)하면서 오래 살게 해 달라

고 천지신명에게 또는 기독교, 불교 등과 같은 종교단체에서 신앙적 갈구를 통해 기원하는 경우가 있다. 바닷가 해안에서는 풍어제(豊漁祭) 즉, 고기가 가득한 만선(滿船)이 되어 무사히 돌아오게 해 달라고 용왕 신에게 비는 풍습 등이 있다. 유일하게 말을 유창하게 잘 하게 해 달라고 비는 경우는 고대 그리스 시대가 전무후무하다. 고대 그리스 시대를 관통했던 3대 학문은 '논리학', '문법', '수사학'이었다. 말의 3대 캐릭터를 지칭한 것이다. 제우스(Zeus)와 므네모시네(Mnemosyne)의 딸 칼리오페는 '아름다운 목소리'의 뜻도 있다. 황금빛 목청을 지닌 뮤즈 칼리오페에게 아들 오르페우스(Orpheus)가 있었다. 오르페우스가 연인을 찾아 먼 길을 나서려 할 때 그에게 쥐어진 무기는 '노래'였다. 노래는 사랑의 원천이다. 그 노래는 감미롭고 서정적이며 환상적이기까지 하다. 상대방에 대한 닫힌 문도 열게 만드는 불멸의 무기가 노래인 셈이다. 대중들이 좋아하는 시조와 노래의 공통점은 모두 사람들을 감성으로 감염시킨다는 점이다. 시조는 곧 시인을 우상화하게 만들고 노래는 곧 가수를 신격화 만드는 힘을 가지고 있다. 우리 시대는 대중들의 가슴을 어루만져 주면서, 한겨울조차 따뜻하게 품어 줄 수 있는 수사의 미학이 필요하다. 말 속에는 촌철살인(寸鐵殺人)의 칼, 생각의 설계도, 맑고 그윽한 향기를 품고 있는 꽃과 같은 모습이 숨겨져 있다. 따뜻한 언어는 차가운 세상을 품을 수 있는 모성애가 숨겨져 있다. 심지어는 상대방의 마음을 움직이게 만드는 아름다운 소통이 숨겨져 있다. 지금은 논리의 시대보다, 문법의 시대보다, 수사학의 시대가 더 어울리는 추세로 변화하고 있다.

시인은 자신의 전매특허와 같은 특화된 캐릭터를 구가하고
있다. 바로 '독도 지킴이'란 호칭을 받을 수 있을 만큼, 독도
수호운동을 전개해 오고 있다. 「독도의 여름」에서 이를 확인
할 수 있다.

천만년 깎은 풍파 화산섬 틈 속으로
아찔한 암반 타듯 흰 꽃잎 송이송이
희망을
피워 내면서
푸른 파도 부른다

백의의 혼을 심고 하이얀 빛을 담아
따순 정 뭉쳐 깔듯 갈색빛 열매 맺어
쪽빛을
펼친 하늘 숲
작은 포자 꿈 펼까

－「독도의 여름」 전문

시인은 천만년 화산섬 독도에서 아찔한 암반을 타며 푸른
파도를 부른다. 아울러 희망을 피워 올리고 있다. 백의의 혼을
심으면서 빛과 정을 아우르며 열매를 맺는 개까치수염을 노래
하고 있다. 개까치수염의 포자를 펼치려는 시적 의지까지 선보
이고 있다. 시인은 여름에 피는 꽃, 독도 바다에 피는 개까치수

염을 형상화시키고 있다. 개까치수염은 까치수염이라고 해서 꼬리처럼 늘어진 꽃을 가진 식물인데, 시인의 가슴속에 깊게 각인될 만큼 인상적인 꽃으로 부각되고 있다. 개까치수염은 과명이 앵초과 생약명은 진주채이며, 이명으로 해변진주초, 갯춤쌀풀, 황삼초이다. 줄기는 곧게 서고 밑에서 가지를 친다. 여름에 해변에서 순백색의 작은 꽃이 피어 바다를 찾는 사람들에게 귀여움을 사는 꽃이다.

정용현 시인은 비영리단체 한국독도문인협회를 이끌어 가는 핵심 인물 중 한 명이다. 정부가 적극적으로 나서 주장할 수 없는 독도수호로부터 대마도 찾기, 간도 찾기 펜(Pen) 운동을 전개해 오고 있다. 펜으로 대한민국을 지키겠다고 나선 시인이다. 대한민국 정부는 국가 정체성 회복을 위해 앞장서는 정용현 시인 같은 예술인들을 찾아내어 그들에게 국민 영웅 훈장을 줄 것을 권유한다. 그래야 문화예술 강대국이 될 수 있다.

시인은 독도수호에 대한 남다른 애정과 세심한 관심뿐 아니라, 「수안보온천」을 통해 세상을 따스하게 바라보고 있다.

월악산 전설 감아
맨발로 뛰어가듯
하이얀 속살 위로
물이 든 오색 향연
베일 속
벗겨진 천년
아달라 왕 만날까

과거길 지친 심신

석문천 머문 자리

미륵리 굽이 돌아

내리는 섬섬옥수

시원한

폭포수 따라

미끈미끈 까마귀

-「수안보온천」 전문

시인은 수안보온천의 역사를 한눈에 꿰차고 있다. 월악산 전설, 아달라 왕, 과거길 선비들이 찾던 석문천, 미륵리, 까마귀 등을 진술하고 있다. 수안보온천은 무색(無色), 무취(無臭), 무미(無味), 투명함을 생명으로 하고 있다. 물에 포함된 각종 성분은 피부와 생리작용, 세포조절 등의 효능을 가지고 있다. 이에, 땅속 암반에서 솟아나는 미끈미끈한 온천수야말로 잃어버린 건강을 찾게 만드는 최고의 생명수인 것이다. 세계적 수질을 자랑하는 수안보온천은 조선 시대 한양으로 과거 보러 문경새재를 넘어가는 과객들의 유일한 안식처였다. 왕의 온천에서 왕의 좋은 기운을 받아 장원급제의 꿈을 꾸던 힐링의 명소였다. 또한 '검은 까마귀, 흰 까마귀 된다.' 는 말처럼, 과객들이 문경새재를 넘어오면서 흰 도포자락이 까맣게 변할 만큼 심신 모두 극도로 피곤한 상태에서 만난 수안보온천수야말로 힘든 여정을 하얗게 녹아내리게 만드는 가야금과 같은 치유의 힘을 지니고 있었다. 앞서 인용된 까마귀는 길조(吉鳥)를 상징하기도 하지만, 선비를 상징하기도 한다. 시인은 석문동천을 신선의 경지로 바라보고 있다. 한겨울에도 뜨거운 물이 솟구치는 곳을 어찌 보통의 산골로 볼 수 있을까. 더구나 심신이 축 쳐진 이에게 새로운 활력을 선물할 뿐 아니라, 피부병조차 치유하는 일명 '신이 내린 천년 온천 명소'인데, 신선의 경지로 바라보고 있는 것은 어쩌면 당연한 이치다. 신라 8대 아달라 왕 12년(165년), 백제와 전쟁에서 승리 후, 신라로 돌아가던 중 수안보 석문천(石門川)에서 남루한 거지들이 연신 물을 뒤집어쓰고 있었다. 땅속 물이 솟구쳐 몸에 뿌리더니 피부병이 나았다는 이야기에, 아달라 왕은 한동안 석문천에서 온천욕을 즐겼다. 수안보 수령은 왕이 머문 곳이라 하여 이곳을 '왕의 온천'이라 명명했다. 지하 200여 미터 아래에서 솟아올라 53℃에 달한다는 수안보온천은 조선 시대 태조 이성계가 악성 피부염을 치료하기 위해 자주 찾았으며, 세종대왕도 즐겼다는 문헌 기록을 찾아볼 수 있다. 시인에게 있어 수안보온천은 따뜻함의 발원지이기도 하다.

수안보온천에서 '왕의 온천' 기운을 받은 후, 시인은 가족들이 생활하고 있는 탄천(炭川) 방면으로 발길을 돌린다. 「탄천 2」를 통해 확인할 수 있다.

억새꽃 우는 소리
들국화 피는 강변
잉어 떼 한가롭게
잠이 든 하늘 숲속

두둥실

구름 띄워서

가을 동심 싣는다

그리움 불러내는

가을볕 반짝이고

반려견 나비 쫓듯

노익장 달음박질

갈바람

물이 든 탄천

달빛마저 번질까

–「탄천 2」 전문

시인은 탄천의 팬(Fan) 또는 서포터(Supporter), 애호가(愛好家), 마니아(Mania)이다. 억새꽃 우는 소리, 들국화 피는 풍경, 잉어 떼의 유영, 하늘 숲속이 잠들어 있을 정도로 맑은 동심이 흐르는 천이다. 그리움의 가을볕을 불러들이고, 반려견이 나비를 쫓으며, 갈바람 물이 든 천으로 달빛마저 번질 만큼 아름다운 곳이다. 탄천은 경기도 용인시 기흥구 청덕동 법화산(法華山)에서 발원해 서류하다가 마북동에서 유로를 틀어 북류한 후, 성남시 분당구 구미동에서 동막천(東幕川)을 합한다. 성남시 수정구를 지나 계속 북류하던 탄천은 서울특별시로 접어들면서 북서쪽으로 유로를 튼 후, 강남구 대치동에서 양재천(良才川)을 합쳐 한강으로 유입된다. 탄천은 유역면적이 302㎢이고, 유로연장이 35.6

km이다. 원래 탄천은 성남시의 옛 지명인 탄리(炭里)에서 비롯되었다. 탄리는 지금의 성남시 태평동·수진동·신흥동 등에 해당하는 곳으로 과거에는 독정이, 숯골 등의 마을이 존재했었다. 조선 경종 때 남이(南怡) 장군의 6대손인 탄수(炭□) 남영(南永)이 이곳에 살았는데, 그의 호 탄수에서 탄골 또는 숯골이라는 지명이 유래되었다고 한다. 탄천은 탄골을 흐르는 하천이라는 뜻이다. 시인은 탄천에서 삶의 성찰을 통해 서정의 미학을 담아내고 있는 것이다. 그런 와중에서 시인은 탄천에서 그리 멀지 않은 곳인 마음의 안식처, 「남한산성」을 읊조리고 있다.

밤사이 하얀 세상 설원의 숲을 폈네
뽀드득 발자국에 내 유년 시절 엮듯
언덕길 타고 내리는
바람 동산 눈꽃길

수국은 하얀 모자 하늘 끝 오른 버들
하이얀 레이스를 수놓은 잡목 타고
천사의 노랫소리에
함박웃음 짓는가

소박함 올망졸망 설산에 남긴 추억
푸르게 하늘 열고 정월 초 다진 마음
늘 푸른 소나무 곁에
새하얗게 들뜨다

─「남한산성」 전문

시인은 남한산성(南漢山城, 사적 제57호, 1971년 경기도립공원 지정)의 풍광에 흠뻑 빠져 있다. 눈 내린 설원의 풍경에서 유년을 발견하고 언덕을 타고 내려오는 눈꽃길을 선명하게 직조해 내고 있다. 하얀 수국(水菊), 하늘 끝 오른 버들을 마주하며, 천사의 노랫소리에 함박웃음 또한 담아내고 있다. 푸르게 하늘을 열고 있는 정월 초의 다짐을 하기까지 늘 푸른 소나무들의 존재감을 확인하고 있는 것이다. 여기서 남한산성은 경기도 광주시, 성남시, 하남시에 걸쳐 있는 남한산을 중심으로 하는 산성이다. 병자호란 때 조선의 16대 왕 인조가 청나라에 대항한 곳으로 잘 알려져 있다. 병자호란 당시 인조는 이곳에서 40여 일간 항전하였으나 결국 성문을 열고 항복한 곳으로 유명하다. 남한산성의 역사는 삼국 시대까지 거슬러 올라간다. 한때 백제의 수도 하남위례성으로 추정되기도 했던 남한산성은 백제의 시조 온조왕이 세운 성으로 알려졌으나, 신라 시대에 쌓은 주장성이라는 설도 있다. 조선 시대에 인조와 숙종 때에 각종 시설물을 세우고 성을 증축하여 오늘날의 형태를 갖추게 되었다. 1999년에는 남한산성 역사관이 개장하고, 2014년에는 세계문화유산에 등재되면서 현재에 이르고 있다. 남한산성은 시인에게 훌륭한 휴식처이자, 사유(思惟)를 위한 둘레길이기도 하다.

시인은 군대 간 아들을 단 하루도 잊어 본 적이 없다. 아들이 근무하고 있는 「보령 해안초소에서」를 마음속으로 그리고 있다.

일몰이 지는 해안 별빛들이 내려온다

가족애 끓는 마음 애가 타던 시간 묻고
오늘도
파도 소리에
뛰어드는 귀또리

하루가 물고 물린 해안선 따라가면
한여름 비지땀도 해풍으로 씻겨 가고
머나먼
길을 떠나듯
모래벌을 달린다

점호를 받는 햇살 일렬로 줄을 서듯
수정빛 물살들이 여명을 몰고 온다
전투복
다리는 신병
백일 휴가 꿈꾼다

―「보령 해안초소에서」 전문

　시인은 보령(保寧) 해안을 수호하는 군인이 되어 세상을 바라보고 있다. 군대에 간 아들의 시선과 동일시하고 있다. 참으로 숭고하고 애틋한 시선이 아닐 수 없다. 일몰 무렵 해안 별빛들이 끓는 가족애를 몰고 올 때, 가을의 전령 귀뚜라미가 뛰어든다. 하루가 물리고 물린 해안선을 따라 흘리던 비지땀도 해풍에 씻겨 가고, 모래벌을 달려간다. 아침점호를 받은 햇살들이 일렬로 줄을 서고, 수정빛 물살들이 여명을 몰고 올 때, 전투복을 다리던 신병은 백일 휴가의 꿈을 꾸고 있다. 군대에 다녀온 사람들에게 첫 휴가인 백일 휴가의 의미는 매우 크다. 힘든 국방의 의무를 부자가 함께 짊어지고 있는 것이다. 인용된 보령시는 충청남도 중서부에 있는 시이다. 서쪽으로 해안을 끼고 있어 어업도 발달했는데 주요 생산물로는 멸치, 키조개, 대하, 아귀, 꽃게, 전복, 해삼 등이 있으며, 바지락 등 양식도 성행하고 있다. 백제 시대부터 조선 시대에 이르기까지 충청도 해안 방어의 중심지였다. 시제에 포함된 초소는 군에서 중요한 지점의 경계 임무를 맡은 소규모의 부대 또는 그 부대가 머무는 장소이다. 군에서 중요한 지점의 경계 임무를 맡은 소규모의 부대를 말한다. 넓게는 해당 부대가 머무는 공간을 말한다. 영어로는 'Guard Post'라 하며 줄여서 GP로 부른다. Guard Post는 엄밀히 말하면 '경계·감시초소'로, 주둔한 군인들이 경계 근무를 서는 건물이다. 시인의 고뇌와 절실함이 묻어나고 있는 삶 가운데, 이를 치열한 자기반성과 수련 과정을 통해 한계상황을 극복하고 있는 시인의 강한 의지 또한 엿보인다. 시인으로서 치열함은 바로 절망과 고독을 친구처럼 곁에 끼고 살아야 비로소 얻어지는 법이다. 끊임없이 절망하면서 언어를 조탁하고 갈고 닦는 시적 내공이 읽혀진다.

2. 따뜻한 인간애를 세상에 전하면서, 추운 겨울마저 품는다.

"여자는 사랑 때문에 죽지는 않는다. 그러나 사랑의 결핍에 의해 서서히 죽어 간다."

세기의 팜프파탈(Femme fatale) 루 살로메(Lou Andreas-Salomé)가 남긴 명언이다. 여기서 '사랑의 결핍'을 '수사의 결핍' 또는 '따뜻함의 결핍'의 현대적 의미로 재해석하면 어떨까. 시적 수사는 따뜻한 마음의 표출이다. 예리한 논조로 날카롭게 찔러 대는 창칼과 같은 논리학, 언어의 난립을 일정한 과학적 틀로 정비하고 지켜 내는 방패 역할의 문법은 한국의 인문사회학을 움직이는 큰 흐름이었다. 칼과 방패는 전쟁이 끝나면, 무용지물과 같이 그 중요성 또한 떨어지는 것이다. 칼과 방패 때문에 망연자실한 풀잎의 가슴을 어루만져 줄 따뜻함이 필요하다.

정용현 시인은 태풍 속 거친 풍랑에서 조난당한 난파선을 인도하는 등대와 같은 존재다. 방황하는 영혼들을 구원하고 견인하는 별과 같은 존재이기도 하다. 아름다운 인간애를 추구하며, 어둔 밤하늘에 빛나는 북극성과 같이 지상의 풀잎들에게 희망의 메시지를 보내고 있다. 별은 한마디로 밤을 지켜 내는 수호신과 같은 역할을 한다. 반짝반짝거릴 때마다 지상의 모든 생명체들은 따뜻한 삶의 전율을 느끼게 된다. 별이 가장 아름다운 이유는 그 빛으로 세상을 따뜻하게 품는다는 점이다. 힘겨운 삶을 지향하는 이들에게 넉넉한 마음을 자라나게 한다. 꿈을 잉태하게 만든다. 특히 정용현 시인의 삶은 고요한 대나무 숲과 같다. 신선한 자연의 바람을 속으로 담아내며 조선선비의 기백을 토해 내고 있는 대나무야말로 시인의 캐릭터를 갖고 있다. 맑고 고운 자연의 소리를 생성해 내면서 자신을 좀 더 낮추고 비워 내는 삶을 지향한다. 정용현 시인은 믿기지 않을 만큼 섬세하고 선 굵은 시조를 쓰는 문학인이다. 또한 정용현 시인은 현대판 선비와 같은 강직함을 겸비한 지식인이다. 시인은 그 시대의 창(窓)이라 하지 않았는가. 바로 한 시대를 밝히는 거룩한 시인이며, 그 시인은 선비정신을 토로하는 대나무라고 할 수 있다. 대나무와 대나무가 어울려 새로운 숲을 형성하며 존재적 자기인식이 이루어지듯 대나무처럼 강인한 삶을 실천해 온 결과로 얻어낸 산물이 시인이란 전지적 위치라고 할 수 있다. 그동안 KD운송그룹 승무사원이 되기까지 수많은 난관이 그를 기다렸고 그 고난의 순간들을 오히려 꺾이지 않는 대나무처럼 즐기면서 극복해 온 독특한 이력의 소유자다. 바쁜 일정을 소화해 내는 삶 속에서도 불굴의 의지와 고매한 선비정신은 그를 최고의 천재작가로 거듭 태어나게 만드는 준거점으로 작용하게 되었다.

대나무와 같이 언제나 고고함을 추구하던 시인도 기가 막힌 맛에는 그를 주저 앉게 만든다. 바로 「해물탕」에 대한 매콤한 기억이다.

뻘밭의 보물 캐서
갯내음 풀어내고
감칠맛 우려내듯
해물탕이 되는 시간
키조개
넓은 품으로
모여 앉은 동지들

정성껏 끓여 나온

붉은 속살 냄비 가득

시원한 매콤한 맛

휘감으며 오는 파도

저마다

독특한 살결

쫄깃쫄깃 퍼진 향

－「해물탕 1」 전문

시인은 해물탕(海物湯)을 통해 또 다른 바다의 향기(갯내음)를 풀
어내고 있다. 뻘밭의 보물이란 시적 진술을 시작으로 키조개
넓은 품조차 품고 있는 가운데, 매콤한 맛을 견인하는 붉은
속살을 끓여 내고 있다. 쫄깃쫄깃한 향이 퍼지는 해물탕의 하
이라이트를 구현하고 있다. 실로 맛깔스런 해물탕을 요리하
고 있는 것이다. 일반적으로 해물탕은 여러 가지 해산물과 채
소를 넣고 고추장으로 양념하여 끓인 음식이다. 해물탕은 한
국의 대표적 요리로서 해산물을 고추장, 고춧가루, 국간장, 조
미술, 다진마늘, 생강, 후춧가루 등으로 맛을 낸 육수에 넣어
꽃게, 오징어, 낙지, 모시조개, 키조개 등의 해산물을 주재료로
만든 칼칼하고 시원한 국물맛이 일품인 요리이다. 일상적 삶
에서 뜨겁게 만난 해물탕과의 합일적 운명은 미적 감각을 통해
곧 소통으로 이어진다. 그 소통의 순간은 만남을 인연으로 만
드는 건실한 믿음이 된장처럼 익어 갈 때 가능하다. 어디 익어
가는 것이 된장뿐이랴. 시인은 시원한 해물탕 국물을 들이키면

서, 가슴 한복판에서 불어오는 바람소리에서 귀 기울인다. 그런 삶 가운데 「주꾸미 연가」를 부른다.

오동통 다리 꼬고
동글게 내민 바다
파도의 소용돌이
한소끔 끓고 나면
볼그레 단풍을 몰고
동이 나는 이슬주

만추가 깃든 국물
둥근 달 훤한 얼굴
무리진 기러기 떼
달빛을 가르듯이
한 접시 후딱 비우는
손길마다 흥겹다

－「주꾸미 연가」 전문

시인은 바다의 피로회복제, 주꾸미 광(狂)팬(Fan)일 정도로 오동통 다리 꼰 주꾸미의 쫄깃한 그 맛을 잊지 못하고 있다. 또한 파도의 소용돌이처럼 주꾸미의 맛을 못내 그리워하듯 아쉬움의 노래를 부르고 있는 것이다. 여기서 광팬의 의미는 일반적으로 주꾸미를 좋아하는 팬보다 주꾸미에게 더욱 집착하고 열광하는 사람을 이르는 말이다. 아마도 주꾸미의 매력에 푹 빠진 미식가(美食家)의 특별한 느낌을 선보이고 있는 것이다. 미식가는 맛있는 음식을 가려 먹는 특별한 기호(嗜好)를 가진 사람을 말한다. 술도둑이라 불리는 최고의 안주, 주꾸미탕을 먹다 보면 얼굴에 볼그레 단풍을 몰고 올 만큼 천하별미로써, 애주가들이 마시는 이슬 소주조차 동이 나는 현상 역시 경험한다. 만추가 깃든 국물 맛은 한마디로 예술 그 자체다. 기러기 떼가 달빛을 가르듯이 한 접시 비워 내는 손길이 홍겹다. 우리에게 알려진 주꾸미(Octopus ocellatus 또는 Octopus fangsiao)는 문어과 연체동물의 하나이다. 나른한 봄이면 봄나물과 같은 채소류 이외에도, 봄이 제철인 주꾸미도 피로회복에 매우 좋은 식재료다. 보통 쭈꾸미라고들 많이 부르지만 표준어는 주꾸미다. 한자어로는 구부린다는 뜻의 '준(蹲)' 자를 써서 준어(蹲魚), 속명은 죽금어(竹令魚)라고 한다. 주꾸미에는 우리 몸에 꼭 필요한 필수 아미노산과 두뇌발달과 성인병 예방에 효과적인 DHA가 다량 함유돼 있으며, 타우린과 불포화 지방산이 많아 간장의 해독 기능을 강화시키고, 시력보호 등에 탁월하다. 주꾸미 한 접시를 비운 시인은 시골 고향 생각에 잠시 잠긴다. 시인은 「서리태」에 대한 기억이 남다르다.

씨앗콩 서너 알이
이랑에 잠든 사이
연둣빛 꿈길 열듯
여드레 싹이 튼다
거칠은
비바람 속에

모성 본능 키우고

따가운 햇볕 받고
갈바람 소슬하니
푸른 잎 함초롬히
낙엽이 되는 시간
깍지 낀
손목을 풀자
튀어나온 검은콩

−「서리태」전문

　시인은 서리태를 끔찍하게 좋아한다. 씨앗콩 서너 알이 이랑
에 잠들고 난 후, 연둣빛 꿈길을 열고, 여드레 싹을 틔워 낸다.
거친 세상 속에서 모성 본능 키우듯이 싹을 틔워 낸다. 따뜻한
햇볕 받고 소슬한 바람 품으면서 푸른 잎도 낙엽이 될쯤, 깍
지 낀 손목 풀자 튀어나온 검은콩을 부각시키고 있다. 여기서
'깍지 낀 손목을 풀자'라는 표현은 압권 중에 압권이 아닐 수
없다. 서리태는 서리가 내리는 상강(霜降) 즈음에 수확한다 하여
붙여진 이름이다. 즉, '첫서리가 내릴 때 따는 콩'이라는 뜻을
지닌 것이다. 작고 동글동글한 모양이 쥐 눈을 닮았다고 해서
쥐눈이콩, 껍질은 검지만 속은 푸른빛을 띤다고 해서 속청이라
고도 한다. 일반 검은콩과 마찬가지로 껍질은 검은색이지만
속은 파랗다고 해서 속청이라고도 부른다.
　시인은 서리태를 넣은 밥을 한술 뜨고 나서, 지갑 속 담겨진
「부적」을 바라본다.

모정을 붉게 띄워 켜켜 접듯 간직하고
지갑 속 단단하게 뿌리내린 안전운행
달빛을
휘어 감으며
졸음마저 삼켰다

가난의 굴레 속에 행운, 재운 품어 안고
삼십여 해를 재워 굴리고 또 굴린 세월
사자밥
돌려세우듯
무덤덤한 심장음

여명빛 헤쳐 가며 맑은 햇살 담은 건가
질퍽한 인생길에 희망의 삶 담긴 신앙
어머니
온화한 미소
여기 모두 모였네

무사고 그것만이 내가 살고 회사 살 듯
이십 년 동고동락 꿈을 키운 운전대에
내 가정
키워 내듯이
영원하라 KD여

–「부적」 전문

시인은 누구의 말도 잘 들으려 하지 않을 만큼 자기주장이 강한 사람 중에 한 명이다. 그럼에도 불구하고 어머니의 말씀에는 귀를 활짝 열어 둔다. 그만큼 지대한 영향력을 주는 존재가 어머니이다. 그 어머니가 아들의 무사안녕을 기원하는 부적(符籍)을 갖고 다닐 것을 권유하자, 지갑 속 단단하게 뿌리내리듯 간직하게 된다. 부적 덕분인지, 달빛조차 휘어 감는 졸음운전마저 이겨 내는 안전운행을 실천하게 된다. 가난의 굴레 속에 행운, 재운을 품어 안 듯 30여 년을 간직한 부적은 사자밥을 돌려 세우는 심장음이었음을 회고하고 있다. 부적은 여명 빛 헤쳐 가는 맑은 햇살을 담은 것처럼 질펀한 인생길에 희망 담긴 신앙이었고, 어머니의 온화한 미소마저 담겨져 있음을 부언하고 있다. 무사고가 내가 살고 회사가 살 수 있음을 밝히면서, 20년 동고동락하며 잡았던 운전대에 화목한 내 가정이 키워졌고, 영원한 KD운송그룹의 미래가 담겨져 있음을 진술하고 있다. 일반적으로 부적은 재앙을 막고 악귀를 쫓기 위해 쓰는, 붉은 글씨나 무늬가 그려진 종이를 말한다. 불교나 도교 또는 민간신앙 따위에서 악귀와 잡신을 쫓고 재앙을 물리치기 위하여 붉은색으로 글자나 모양을 그려 몸에 지니거나 집에 붙인다. 시인은 평생을 운전대를 살아온 달리는 예술인이다. 부적을 몸에 지니면 심리적인 효과가 대단하다. 인간이 아닌 운수의 신에게 마치 안전한 하루를 선물 받은 것처럼 정신적인 안정감이 삶의 질을 높여 주고 이는 고스란히 자신의 몸 컨디션을 높여 주는 역할을 하게 된다. KD운송그룹의 4대 최고정신은 '최고 안전하게, 최고 친절하게, 최고 깨끗하게, 최고 편안하게'인데, 이를 분출시키게 만드는 에너지원이 바로 부적

임을 시인은 밝히고 있는 것이다.

시인의 시선은 본인의 직장인 KD운송그룹으로부터 시작하여, 그룹 CEO인 허명회 회장에게 옮겨진다.

버스계 신화창조 대중교통 절대 제왕
반백년 한결같이 앞장선 직원 사랑
올곧은 운수업 외길
고객 감동 한평생

동백꽃 피워 내듯 역경 속에 봄꽃 피네
팔도를 누비면서 기호지세 KD운송그룹
신독(愼獨)을 깊이 새기며
일만여 명 이끌다

최고의 식자재로 건강 챙겨 안전운행
세련된 제복 입고 각종 포상 수상하며
때마다 챙겨 보내는
케익 속의 웃음꽃

한평생 담아내듯 노사 문화 꽃피우며
열다섯 버스회사 일심동체 일사불란
역사 속 금탑산업훈장
영원불멸 금자탑

성공의 시대 열고 첫새벽을 열어 간다

불야성 만든 열정 타의추종 불허하듯
근면한 불굴의 의지
투명경영 남겼다

　　　　　　　－「청담(淸潭) 허명회(許明會)」 전문

　시인은 버스계 신화를 창조한 대중교통의 제왕 청담 허명회
회장을 칭송하고 있다. 반백년 직원 사랑 및 고객감동 실천, 역
경 속 봄꽃 피우고, 안전운행, 금탑산업훈장, 성공의 시대를 열
다 등 극찬을 아끼지 않고 있다. 그만큼 그 칭송 속에는 존경
심과 사랑의 깊은 속내가 가득 차 있는 것이다. KD운송그룹
(KD그룹) '버스왕' 허명회 회장은 직원들을 잘 챙기는 것으로 유
명하다. 시인은 그룹 정신인 신독(愼獨)에 주목한다. '듣지 않는
곳에서 삼가며, 보이지 않는 곳에서 진실하자'는 뜻이다. 이는
신뢰의 중요성을 설파하고 있는 것이다. 허명회 회장은 6.25전
쟁 중, 학도병으로 참전하고 전역 후 경희대학에 입학하였으나
가정형편으로 중도에 포기하고, 30세부터 경기여객의 임시직 기
사로 들어갔다. 남들보다 4시간 일찍 출근하고, 4시간 늦게 퇴
근했으며, 하루에 5시간 이상 잔 적이 없었다. 임시직으로 시작
한 10년간 모은 돈으로 산 버스 30대로 대원여객을 창업했고,
이후 무려 37개 회사를 인수했다. 40년 이상 회사를 운영하면
서 차도 한 번밖에 바꾸지 않았으며, 검소함과 근면함의 귀감
이 되는 분이다. 허명회 회장은 '신뢰'를 바탕으로 한 확고한
경영철학을 가지고 우리나라 버스 운송산업의 선진화에 앞장
서 왔고 '행복경영'으로 사회경제발전, 그리고 실천경영학 분

야의 발전에 지대한 기여를 하였다. 나아가 평소 몸에 밴 근검 절약과 절제된 생활로 솔선수범하며 동종업계와는 다른 차별화 경영으로 노사간의 화합을 펼쳐, 2005년도엔 근로자들의 추천으로 「금탑산업훈장」을 수상하고 2006년도엔 「노사문화우수기업」으로 선정되어 대통령 표창을 받는 성과 역시 거두었다. KD운송그룹은 대원여객을 모태로 하고 버스 운송사업을 주로 하는 대한민국 내 최대 육상 운송 회사이다. 서울시 및 수도권 지역을 중심으로 고속버스, 공항버스, 농어촌 시내버스, 시외버스 및 관광버스를 운영하고 있으며 그 규모는 대한민국 내에서 가장 크다. 아울러 시인은 「동치미」의 맛에 심취해 있다.

> 젊은 날 방황의 길 인생의 고뇌 속에
> 언제나 챙겨 주신 사철의 제철 음식
> 팔순을 훌쩍 넘긴 몸
> 순한 국물 닮는다
>
> ─「동치미」 일부

시인은 젊은 시절 방황하는 고뇌의 삶 속에서 언제나 챙겨준 사철 음식 동치미를 그린다. 팔순을 훌쩍 넘긴 어머니, 그 어머니와 같이 동치미의 순한 국물 닮으려는 천명 의지마저 읽을 수 있다. 이는 동치미의 순한 국물 맛을 즐기고 있음을 확인할 수 있다. 동치미는 겨울 김장철에 자그마하고 예쁜 무를 소금에 굴려서 파, 마늘, 생강, 고추, 청각 등의 양념을 넣어 땅에 묻은 항아리에 넣고 소금물을 부어 익힌 시원한 김치로, 무를 썰어 그 국물과 같이 먹는 대표적인 김장김치이다. 재료 사용의 변화, 기후와 보관 장소에 따라, 담그는 소금 농도에 차이가 있다. 동치미 한 사발이면 의사가 필요 없다고 했다. "늦가을 시장에 무가 나올 때가 되면 병원들이 문을 닫는다."고 했다. 닥쳐올 불황에 대한 걱정으로 얼굴색이 바뀌는 정도가 아니라 무 때문에 아예 문을 닫고 휴업에 들어간다는 것이다. 명나라 때 의학서인 『본초강목』에서 '가장 몸에 이로운 채소가 무'라고 했다. 겨울철 저장 음식으로 무를 먹지 않는 나라는 거의 없는 듯한데, 우리 조상들 역시 동치미를 담가 겨울 음식으로 삼았다. 물기 많은 무를 골라서 껍질을 그대로 둔 채 깨끗하게 씻어 소금과 함께 항아리에 넣어 두면 무에 소금이 배면서 무의 수용성 성분이 빠져나와 청량음료처럼 톡 쏘는 맛을 낸다. 동치미는 날씨가 상대적으로 따뜻한 이남보다는 평양을 중심으로 발달한 겨울 김치다. 이북에서는 겨울이 되면 살얼음이 동동 떠서 이가 시릴 정도로 차가운 동치미를 반찬으로 먹거나 아니면 동치미 국물에 메밀국수를 넣어 냉면으로 말아 먹곤 했다.

시인은 이성과 감성의 경계를 무너뜨리는 초월적 힘을 발휘한다. 우리 시대의 따뜻함을 그려 내며 방황하는 존재들을 위한 치유의 힘을 갖고 있다. 감동의 언어로 죽어 가는 영혼의 명의(名醫)가 되기도 한다. 이 때문에 시인은 이 시대의 마지막 메시아적 존재로 볼 수 있는 것이다.

"정용현 시인은 승무사원의 따뜻함을 세상에 전하면서, 감
동의 꽃을 피워 아름다움을 남기고, 그 향기로 맑은 미소를
생성시키고 있다."

KD운송그룹 홍보대사, 정용현 시인은 승무사원이라는 삶
속에서 선하고 부드러운 복숭아 꽃향기를 세상에 남기고 있
다. 선 굵은 그림을 선보이며 선명한 필체로 세상을 아우르는
사랑의 메시지를 담고 있다. 승무사원의 고객만족의 스펙트럼
을 선보이고 있는 것이다.

시인의 하루는 범부(凡夫)의 일생에 비유할 수 있을 만큼 매우
특별한 전지적 삶을 살아간다. 시인은 감동의 향기를 남길 줄
아는 꽃이다. 그 감동의 흔적으로 방황하고 신음하는 어린 양
들을 치료하고 있는 것이다.